IL·LUSTRADORS

L'aneguet lleig *Esmeralda Sánchez*
El gall que es va trencar el bec *Alicia Cañas*
Les aventures d'en Cigronet *Alicia Cañas*
El llop i les set cabretes *Margarita Ruiz*
La gallina Picoreta *Marina Seoane*
Picotet l'astut *Carmen Sáez*
L'ase que volia ser lladre *Marina Seoane*
El gos futbolista *José Ariza*
Els tres porquets *Trujillo y Marcela Grez*
Trompeteta el grill *Pilar Calero*
En Frederic i la Caterina *Marifé González*
Els músics viatgers *Marifé González*
Ullsclucs *Carmen Sáez*
La vaca Colometa *Angelina Calero*

Disseny de portada: Paniagua & Calleja
Il·lustració de portada: Carmen Guerra
Campezo, s/n. 28022 Madrid
Telèfon: 913 009 100
Fax: 913 009 118
Imprès a Espanya

ELS CONTES
de la meva àvia

susaeta

L’aneguet lleig

La senyora ànega estava covant una altra vegada. Quan els pollets van trencar la closca i van sortir, tothom els va lloar:

–Oh, quins aneguets!

–Són preciosos!

–L'enhorabona, senyora ànega.

Al cap d'una estona, la senyora ànega va trobar una cosa entre la palla del niu.

–Però, com! –va cridar, enfadada–, si encara en falta un! I és molt gros i estrany. A veure si fa via.

Però l’espera es va fer llarga. A la fi, un bon matí el pollet va decidir néixer.

–Piu, piu, piu! –deia amb veu ronca.

La senyora ànega se’l mirava espantada.

–Ecs! –va dir–. És lletgíssim, horrorós!

Va pensar que potser era un pollet de paó i que havien deixat al seu niu per error. Però quan el va veure nedar amb els seus germans, es va adonar que era un ànec de debò, com els altres.

—Aneguet lleig! Aneguet lleig! —li deien sempre els seus germans.

—Tens el coll massa llarg i les plomes curtes —cridaven tots els pollets del corral.

—Ets un petit monstre! —l'insultaven els més grans.

—Vine a menjar —ordenava la mare—, i no l'insulteu. Quin mal us ha fet, pobrissó?

El petit aneguet era molt desgraciat i sempre pensava:

–Quina culpa hi tinc, jo, de ser lleig?

–Cap –li va dir el pare ànec una vegada–. Però, fillet, quan et veig em vénen ganes de clavar-te un cop de bec.

L'aneguet patia tant, que un dia va fugir del corral.

–No tornaré mai més –va dir, plorant.

Va caminar molt de tros, pensant en la seva desgràcia. Quan es va fer fosc, tenia son i es va estirar entre unes canyes, a la vora d'un estany.
L'endemà el van despertar les riotes de dos ànecs salvatges.
–Has vist mai un aneguet tan lleig?
–Mai, aquest és el més horrorós.

Els ànecs salvatges, morts de riure, van alçar el vol. Però uns trets els van fer caure de seguida. L'anequet, espantat, es va amagar entre les canyes. De sobte, va sentir darrere seu un sorroll, es va girar, tremolant i... un gos molt gros se'l mirava i li ensenyava els ullals.

«Aquest gos em matarà»
va pensar l'aneguet, espantadíssim.
Però, ves per on, el gos d'atura va badallar, va girar cua i se'n va anar.
«Sóc tan lleig, que ni els gossos dels caçadors no em volen mossegar», va rumiar l'aneguet, amb llàgrimes als ulls.

Quan els trets es van acabar, l'aneguet va seguir la marxa. A mitja tarda va veure una casa entre els arbres. Com que la porta era oberta, va entrar i, buscant un racó, es va adormir.
De bon matí el van descobrir un gat i una gallina, que vivien allí amb una senyora.

—Saps arquejar l'esquena i fer «miau»? —li va preguntar el gat.
—No —va confessar l'aneguet lleig.
—Saps pondre ous? —el va interrogar la gallina.
—Tampoc —va fer l'ànec, avergonyit.
—Doncs la mestressa no et voldrà pas —li va explicar la gallina—. Ja pots tocar el dos ara mateix.
L'aneguet, encara més trist, amb el cap cot, va abandonar la casa poc a poc.

Van passar els mesos, va arribar l'hivern, va nevar, i l'aneguet lleig seguia caminant sense saber cap a on. Menjava el poc que trobava. Dormia a qualsevol banda. I la seva tristesa era cada dia més gran.

Un dia que era en un llac, va quedar empresonat entre el gel. Encara sort que un pagès passsava per allí, el va recollir i se'l va endur a casa.

La seva família va rebre l'aneguet lleig amb gran alegria. Però els nens van començar a empaitar-lo per jugar.
Ell, espantat, fugia, fins que amb un cop d'ala va tirar a terra un gerro i el va trencar. La senyora de la casa li volia pegar amb l'escombra.
—Vine aquí, que et...!
L'aneguet lleig va sortir per la finestra i, mort de por, es va endinsar al bosc.

A la fi va tornar la primavera. Però el nostre aneguet només plorava i plorava. Una tarda va veure uns cignes preciosos a l'estany. Li van agradar tant, que els va anar a trobar, pensant:

«Em mataran a cops, però ja m'és ben igual.»

Nedant, nedant, va mirar avall, cap a l'aigua, que li feia de mirall, i...

–Oh, no és possible!

A l'aigua veia reflectit un cigne esvelt i preciós. I el cigne era ell!

–No sóc un aneguet lleig, sóc un cigne!

Encara no s'ho creia. Però uns nens que eren a la vora del llac el van assenyalar i van dir:

–Eh, mireu!Hi ha un altre cigne, i és el més bonic de tots!

Mentre els altres cignes se li acostaven per felicitar-lo, va alçar el cap i es posar a nedar, més alegre que mai.

El gall que es va trencar el bec

Hi havia una vegada un gall que, mentre un dia picotejava entre les escombraries per cercar menjar, es va trencar el bec.

—I ara què faré, jo? Amb el bec trencat no puc menjar, i em moriré de gana —es queixava el pobre gall.

Se'n va anar a veure el sabater i li preguntà:
—Sabater, ¿no em voldries pas arranjar el bec, que se m'ha trencat?
I el sabater li va respondre:
—Si em portes sèu, sí.

Aleshores el gall se'n va anar a trobar
la vaca i li preguntà:
—Vaca, em dónes sèu?
Però la vaca li va contestar:
—Si em dónes herba, sí.

El gall va decidir anar fins al prat
i preguntar-li:
–Prat, em dónes herba?
I el prat li respongué:
–Si em dónes aigua, sí.

El pobre gall estava desesperat. No sabia què fer; el bec li feia molt de mal, i per acabar-ho d'embolicar, no podia menjar i tenia molta gana.

Va mirar cap als núvols i preguntà:

–Núvols, em doneu aigua?

I els núvols van contestar:

–Si ens dónes vent, sí.

Aleshores el gall se'n va anar a veure l'àliga. Li explicà què passava i li va preguntar:

—Àliga, em dónes vent?

L'àliga no s'immutà.

—Si tu em portes un xai, sí —va respondre.

On podria trobar el gall un xai per a l'àliga? Cada cop més preocupat, perquè no aconseguia de posar remei al seu problema, el gall va anar a veure el pastor i li preguntà:

—Pastor, em dónes un xai dels teus?

—Si tu em portes un gos, sí.

Com i on trobar un gos per al pastor?
El gall va anar a veure la gossa.
—Gossa, em dónes un gosset?
—Si tu a mi em dónes pa, sí.

El gall va pensar que no seria difícil trobar pa, si el demanava al flequer.
I va anar cap a la fleca.
–Flequer, em dónes pa?
I el flequer li respongué:
–Si em dónes llenya, sí.

Tip i fart de tantes anades i vingudes, el pobre gall se'n va anar a trobar el bosc i li va preguntar:

—Bosc, em dónes llenya?

Però el bosc tampoc no va voler donar-li llenya. Es va limitar a respondre:

—Si em dónes una destral, sí.

L'únic lloc on el gall podia trobar una destral era a cal ferrer. Va anar cap allí i li preguntà al ferrer:

—Ferrer, em dónes una destral?

Però el ferrer li va contestar:

—Si em dónes carbó, sí.

El gall s'adreçà cap a la carboneria; quan va ser davant del carboner, li va preguntar:

–Em dónes carbó?

–No et donaré carbó si no em portes plata –va respondre molt seriós el carboner.

A la fi, quan ja començava a pensar que el seu bec no tindria remei, el gall s'arribà fins a l'obrador de l'argenter i li preguntà:

—Argenter, si us plau, em dónes plata?

I l'argenter li donà la plata.

El gall va quedar molt content, i cantava:

—Plata em donà l'argenter, plata vaig donar al carboner; el carboner em donà carbó, carbó vaig donar al ferrer; el ferrer em donà destral i destral vaig donar al bosc; el bosc em donà llenya, llenya vaig donar al flequer;

el flequer em donà pa, pa vaig donar a la gossa; la gossa em donà gosset, gosset vaig donar al pastor; el pastor em donà xai i xai vaig donar a l'àliga; l'àliga em donà vent, vent vaig donar als núvols; els núvols em donaren aigua i aigua vaig donar al prat; el prat em donà herba, herba vaig donar a la vaca; la vaca em donà sèu i sèu vaig donar al sabater.

–I el sabater –va acabar de cantar el gall– em va compondre el bec.
I així va ser. El sabater va arranjar tan bé els desperfectes del bec que ara semblava nou. El gall va tornar a ser molt feliç amb el seu bec llampant.

Les aventures d'en Cigronet

Fa molts i molts anys, en un país llunyà, vivia un sastre el fill del qual era tan i tan petit, que tothom li deia per nom Cigronet. Era molt valent i espavilat, i un dia va dir al seu pare:

—Vull veure món.

—Jo em penso que t'estaries millor a casa, Cigronet —li digué son pare—, però si això és el que vols, que Déu t'acompanyi.

El sastre va agafar una agulla gruixuda i li va posar una empunyadura de lacre. Aleshores lliurà l'eina al seu petit fill, mentre li deia:

—Pren aquesta espasa i fes-la servir per defensar-te dels perills.

Molt cofoi amb la seva espasa penjada al cinturó, en Cigronet va emprendre el camí a la recerca d'aventures. Ja al bosc, va trobar uns lladres que volien robar els tresors del Rei; un d'ells li va dir:

—Hola, gegant! Si vols fer-te ric, vine amb nosaltres. Tu podràs ajudar-nos a robar els tresors del Rei, perquè ets tan petitó que podràs passar pel forat del pany.

En Cigronet, que frisava per viure grans aventures, se'n va anar amb els lladregots. I quan van arribar al palau reial, ell s'hi va esquitllar a través de les reixes d'una finestra. Allí, davant dels seus ulls, hi havia el tresor. Però estava protegit per dos guàrdies!

Un dels guàrdies el va veure i va comentar al seu company:

—Mira quina cuca més estranya! L'esclafaré amb el peu.

—Deixa-la! —va exclamar el seu company—. La pobra bestiola no t'ha fet cap mal.

Per si de cas, en Cigronet va córrer a amagar-se en un racó, darrere de la pota d'una cadira. I quan els vigilants van ser fora, començà a tirar totes les monedes, d'una en una, per la finestra. Els lladres, des de fora, les recollien i les ficaven en uns grans sacs.

De sobte, en Cigronet va sentir soroll de passes i s'amagà darrere de la pota de la cadira. Era el Rei, que venia a comptar les seves monedes. De seguida el Rei va adonar-se que allí hi mancava part del seu tresor.

—Algú està robant els meus diners! —va xisclar. I sortí de l'habitació traient foc pels queixals.

Quan el Rei va haver sortit, en Cigronet va continuar llançant el tresor per la finestra; però els guàrdies van sentir dringar les monedes i van entrar corrents. En Cigronet, des del seu amagatall, va cridar:

—Hola! Sóc aquí!

Quan els vigilants es dirigiren cap al lloc d'on provenia la veu, en Cigronet va saltar rabent cap a un altre lloc dissimulat i tornà a cridar:

—Hola! Sóc aquí!

D'aquesta manera, es reia d'ells i els feia córrer d'un cantó a l'altre de la cambra.

—Qui ets? —va preguntar a la fi un dels guàrdies, tip i fart de tant córrer.

—Jo sóc en Cigronet l'aventurer! —va respondre.

—Mira, Cigronet —va suplicar el pobre vigilant—, nosaltres només som uns pares de família honrats, i el Rei ens castigarà sense culpa si algú roba els seus tresors. Què serà aleshores dels nostres fills petitons?

Aquells mots van fer comprendre a en Cigronet que el seu comportament era propi del lladregot i no d'un aventurer valent. Va sortir del seu amagatall i va dir als guàrdies:

—Crideu el Rei! Jo li demanaré que no us castigui.

Quan el Rei arribà,
en Cigronet li va dir:
–Majestat, uns lladres estan robant els vostres tresors. Si em prometeu una carrossa per tornar a casa meva, jo us diré la manera d'enxampar-los. Però no heu de castigar els vostres guàrdies, que són fidels i honrats.
–T'ho prometo! –va respondre el Rei.

Seguint les instruccions d'en Cigronet, els soldats van aconseguir d'empresonar els delinqüents. I en Cigronet tornà a casa seva amb una carrossa molt luxosa, i amb una enorme bossa plena a vessar de monedes d'or que el Rei li havia regalat.

Quan el seu pare el va veure sortir de la carrossa, va restar d'allò més astorat. Tots els veïns se'l miraven plens de sorpresa.

El sastre va abraçar emocionat el seu fill,
i li va dir:
–Estimat Cigronet, ets petitet, però ets
el més gran de tots!

El llop
i les set
cabretes

La mare Cabra vivia amb les seves set precioses cabretes en una bonica casa de pagès enmig del bosc. Totes les cabretes eren molt boniques i molt espavilades. La gran es deia Bela i era negra com el carbó. En Bolo era la segona, i tenia el pèl bru. La tercera s'anomenava Boli, i era una cabreta blanca amb les potetes negres. En Bili anava en quart lloc i lluïa el pèl blanc i marró, ben bé igual que la cinquena. La Bala era rossa com el blat. I el més simpàtic era en Bulu, una cabreta negra amb una taca blanca al front.

Cada dia, abans no marxessin cap a l'escola, la mare Cabra les pentinava i les rentava. Totes estaven per menjar-se-les, de goig que feien. I quan les acomiadava amb un petó, deia:

–Filles meves, estudieu molt, per arribar a ser unes cabretes de profit. I no badeu pel camí, no sigui que us ataqui el llop, que és molt dolent.

–Sííí, maaareee! –prometien les cabretes a cor.

Un dia que la mare Cabra havia d'anar a comprar, va reunir les seves set cabretes i digué:

–Filletes meves, he de deixar-vos soles. Aneu amb molt de compte que no vingui el llop.

Si s'assabenta que esteu soles, vindrà i se us voldrà mejar.

–Ai, mareta, marona, quina por! –va dir la Bela, la filla gran–. ¿I com coneixerem el llop per tal de no obrir-li la porta?

–El reconeixereu perquè té la veu ronca i les potes negres –va contestar la mare Cabra.

Quan la mare Cabra va ser fora a comprar, les cabretes es van tancar per dins i es posaren a jugar. Però al cap de poca estona algú va trucar a la porta, i se sentí una veu ronca que deia:

—Obriu, que sóc la vostra mare!

Les cabretes es van mirar mortes de por, i la Bela, que era la més gran, va contestar:

—Que potser et penses que badem? Tu ets el llop, perquè la mare té la veu dolça i la teva és ronca com un tro. No t'obrirem pas!

El llop se'n va anar sense dir ni piu, i es va posar a rumiar alguna estratagema per enganyar les cabretes. Va anar a la farmàcia i va comprar píndoles per aclarir la veu, se'n va empassar un quilo i quan li van haver fet l'efecte s'adreçà de bell nou cap a casa de les cabretes i trucà a la porta: Pam, pam!

–Qui hi ha? –van preguntar les cabretes.

–Obriu, filletes meves –va contester el llop amb la veu suau per les píndoles–, sóc la vostra mare i vinc molt cansada.

Les cabretes no sabien què fer. ¿Seria o no seria la mare Cabra? I de sobte la Bela recordà els consells de la seva mare, per la qual cosa va cridar:

–Ensenya'ns la poteta, mare, i així sabrem del cert que ets tu.

El llop va fer passar la pota pel forat de la porta.

–No t'obrirem, dolent, que tu ets el llop! –van cridar les cabretes–: la mare té les potes blanques i les teves són ben negres.

El llop, molt i molt enrabiat, va anar a la fleca i va enganyar el flequer:

–Ai, amic flequer! Fregia bunyols i m'he cremat amb oli roent les potes de davant. Si us plau, poseu-me una mica de massa damunt de les cremades.

El flequer, ben convençut que la història del llop era certa, li va posar massa, a les potes; això va fer que es tornessin blanques, per la farina.

Amb les potes ben emblanquinades degut a la massa de farina, el llop va tornar a casa de les cabretes i va trucar a la porta.

—Filletes del meu cor —va dir amb la veu encara molt dolça per l'efecte e les píndoles—, sóc la vostra mare estimada, que ja he arribat. Obriu-me, correu.

—Abans ensenya'ns les potetes —van demanar les cabretes.

El llop, molt content, va fer passar les potes blanques pel forat de la porta. Es veien tan blanques i suaus que les cabretes van obrir, pensant-se que era la seva mare.

Quin ensurt, el de les pobres cabretes, quan van veure entrar el llop! Una es ficà a sota el llit; l'altra, a dins del forn, que estava apagat. En Bulu, la més petita, s'amagà dintre de la caixa del rellotge.

Però tot fou inútil. Aquell llop tan espavilat va anar regirant tota la casa i menjant-se les cabretes d'una en una. Només en Bulu va aconseguir de salvar-se, amagat dins del rellotge.

Com que havia menjat tant, el llop va agafar son i s'estirà a dormir damunt la gespa, a l'ombra dels arbres del bosc.

Mentrestant, la mare Cabra tornava a casa amb molts regals per a les seves filletes.

Quan la mare Cabra va entrar a casa i va veure tot aquell desori, va començar a cridar les seves filles. Només en Bulu va respondre des de dins del rellotge. La mare Cabra va agafar a coll el petitó, el qual li va explicar tot el que havia passat. La mare Cabra plorava sense consol.

Però la mare Cabra
era molt valenta, a més a més de ser una bona mare, i va decidir castigar aquell llop malvat. Va sortir al bosc a cercar el malfactor, acompanyada d'en Bulu. No van trigar gaire a descobrir-lo, adormit com una soca a l'ombra dels arbres.

Quan la mare Cabra ja es disposava a clavar les banyes en el cos del llop, li va semblar veure que alguna cosa es movia dins de la panxa de l'animal.

–Mira, Bulu! Les teves germanetes encara són vives dins de la panxa del llop! Vés corrent a casa i porta un ganivet de cuina.

Quan en Bulu va tornar amb
el ganivet, la mare Cabra va
tallar amb molt de compte la pell de la panxa
de l'animal, i totes les cabretes van sortir
rabent, contentíssimes.
–Aneu cap al riu –els va dir la seva mare– i
porteu les sis pedres més gross que trobeu. Han
de ser sis, perquè d'altra manera el llop notaria
que ja no sou dins la seva panxa.
Les cabretes van dur les pedres, i la mare Cabra
les entaforà al ventre del llop, i després el cosí.

Poca estona després, el llop es desvetllà i badallà.

—Uuuuui, tinc molta set! —va dir, mentre estirava les potes.

S'acostà fins al riu i s'acostà per beure, però el pes de les pedres el va arrossegar i el va fer caure de cap a l'aigua. Tot i que sabia nedar, el pes de les pedres l'enfonsà i no va poder sortir més. Així, el llop va pagar totes les seves dolenteries.

La gallina Picoreta

Hi havia una vegada una gallina anomenada Picoreta, la qual es passava la vida picotejant els grans que trobava pel camp. Vivia molt feliç i contenta, fins que un dia mentre picotejava una bonica tija de pèsol, va resultar que...

...una beina li va anar a parar a
la cua, però amb tanta força que
la gallina Picoreta
es va pensar que
el món li queia
a sobre.

Amb la cua adolorida, la gallina Picoreta va pensar que havia d'explicar al Rei el que s'esdevenia, i va començar a fer via en direcció al palau reial. Pel camí es va trobar el gall Cantaclar.

–On va la meva Picoreta?
–va voler saber el gall.
I la Picoreta va respondre:

–Ai, gallet Cantaclar!
El cel aviat caurà
i al Rei li ho vull contar
i per això el vaig a trobar!

–Doncs jo també vinc amb tu!
–va dir el gall Cantaclar.

I van desaparèixer tots dos caminant i saltant, fins que es van topar amb l'ànec Caranet.

–On van la Picoreta i en Cantaclar?
–els preguntà l'ànec.

I la Picoreta va contestar:

—Ai, aneguet Caranet!
El cel aviat caurà
i al Rei li ho vull contar
i per això el vaig a trobar!

—Doncs jo també vinc amb vosaltres! —va afegir l'aneguet Caranet.

I van desaparèixer tots tres, trempats com tres gínjols, fins que es van trobar amb l'oca gris, la Dandinesa.

—On van la Picoreta, en Cantaclar i en Caranet? —es va interessar l'oca.

I la gallina Picoreta va contestar:

—Ai, bona oca Dandinesa!
El cel aviat caurà
i al Rei li ho vull contar
i per això el vaig a trobar!

—Doncs jo també vinc amb vosaltres! —va dir l'oca Dandinesa.

I van desaparèixer tots quatre, eixerits com un encís, la Picoreta, en Cantaclar, en Caranet i la Dandinesa, fins que es van trobar l'indiot Gluglú.
–On van els meus quatre amics, si es pot saber?
–va fer, encuriosit, l'indiot.

I la gallina Picoreta va contestar:

—Ai, indiot Gluglú!
El cel aviat caurà
i al Rei li ho vull contar
i per això el vaig a trobar!

—Doncs jo també vinc amb vosaltres! —s'afegí l'indiot Gluglú.

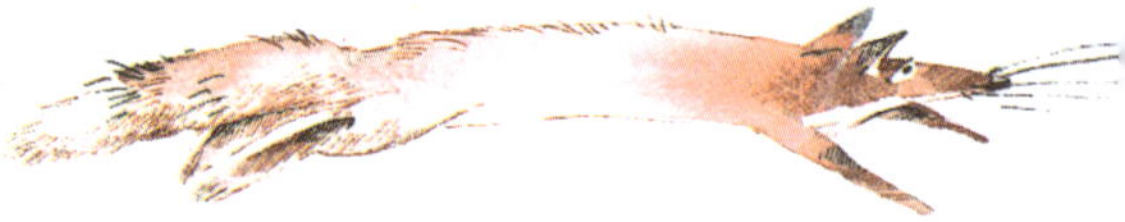

I ja tenim cinc amics saltant i corrent de valent, tan contents: la Picoreta, en Cantaclar, en Caranet, la Dandinesa i en Gluglú, fins que es van trobar la guineu Guilla.

—On aneu tots junts per aquests móns? —va voler saber la guineu.

I la gallina Picoreta va contestar:

—Ai, guineu Guilla!
El cel aviat caurà
i al Rei li ho vull contar
i per això el vaig a trobar!

—Doncs jo també vinc amb vosaltres, que conec molt bé el camí! —va dir la guineu.

—No, tu no véns! —li van respondre tots de cop.
—I per què no em deixeu anar amb vosaltres? —va preguntar la guineu, molt entristida.
—Perquè ets dolenta i et menges les meves germanes gallines! —va respondre la gallina Picoreta.
La guineu es va haver de quedar pel camí, molt enfadada, mentre els altres van continuar fent via cap al palau reial.

Quan la Picoreta, en Cantaclar, en Caranet, la Dandinesa i en Glugú van arriba al palau reial, el Rei els va rebre. La Picoreta li va dir:

—Surt, Rei estimat,
que el cel se'ns ha esquerdat
fes-lo arranjar aviat
que, sinó, ens caurà al cap.

El Rei els va donar les gràcies per la informació i va regalar a cada un d'ells una moneda d'or que lluïa com el Sol. I tots s'acomiadaren del Rei molt contents i feliços.

Picotet l'astut

En Picotet era un nen molt pobre. Des que va quedar orfe, havia hagut de guanyar-se la vida a base de fer encàrrecs o netejar sabates. Però un dia que plovia molt, el pobre vailet no havia guanyat ni cinc i tenia fam. Mentre es mirava els meravellosos plats de l'aparador d'un restaurant, s'aturà davant seu una carrossa. De l'interior sortí una veu:

–Puja, Picotet, que et portaré a menjar a casa meva.

A dins de la carrossa hi anava un senyor molt elegant i simpàtic.

—¿I a vostè qui li ha dit el meu nom i com ha sabut que tenia gana? —va voler saber en Picotet.

—Jo tinc el poder de saber-ho tot —va respondre el senyor—. Fins i tot entenc el llenguatge dels animals.

En Picotet es va quedar a treballar de cambrer a la casa d'aquell senyor tan amable. Un dia, abans de dinar, va veure que el seu amo treia una boleta platejada d'una capseta que duia a la butxaca. Només d'empassar-se-la, es va posar a riure, molt content. Aquell senyor feia allò cada dia, segons anà veient en Picotet.

Un dia que el seu amo s'endormiscà, en Picotet li va robar una de les seves píndoles. Se'n va anar cap al jardí i allí se la va empassar sense que ningú no ho veiés. De sobte es va notar molt feliç i content. I el que més el sorprengué: va començar a entendre tot el que deien els animals!

Quan va tornar a casa, l'amo l'acusà d'haver-li robat una moneda d'or.
—No és veritat! —es defensà plorant en Picotet.
I se n'anà altra volta al jardí, a distreure's amb els ànecs de l'estany. I allà va sentir un ànec que li deia al seu company:
—Aquesta moneda d'or que t'has empassat et durà a la mort.

En Picotet li va prendre la moneda que s'havia empassat i la tornà al seu amo. Però no va romandre en aquella casa, sinó que es va estimar més d'anar a córrer món, a la recerca d'aventures i fortuna.

En Picotet caminava xino-xano tan feliç, el cap ple d'alegres pensaments, quan va sentir que la Reina Formiga donava la veu d'alarma al seu exèrcit de formiguetes:

–Compte!, que no us esclafi aquest nen.

Sentir-ho les formigues i canviar totes de direcció va ser una mateixa cosa.

Més endavant, en travessar el riu, va sentir plorar uns peixos que estaven empresonats dintre d'una xarxa. En Picotet els alliberà, i ells marxaren nedant molt contents.

Després, quan caminava pel bosc, en Picotet va sentir un corb que renyava els seus fills, els quals ploraven de gana:

—Fora d'aquí, ganduls, a guanyar-vos la vida!

En Picotet es va entristir i els portà uns quants cucs per tal que mengessin.

Més endavant, com que estava molt cansat, en Picotet s'ajagué a descansar a l'ombra d'un arbre. Estava mig endormiscat quan un gran corb que s'estava al capdamunt de la branca va dir:

–A la teva bota dreta hi ha la Reina de les formigues, a tocar de l'estany hi ha el Príncep dels peixos i jo sóc el corb, a qui tothom obeeix.

En Picotet estava astorat.
El corb va seguir parlant:
–Et casaràs amb una princesa bellíssima, si compleixes els seus tres desigs.
–I quins són? –va voler saber en Picotet.
–Te'ls diré d'un en un.
–Doncs comença pel primer, vinga –va demanar en Picotet.

—El primer desig de la bella princesa és una perla de les pregoneses del mar.

—Ja te la portarem nosaltres —van cridar a cor els peixos.

—El segon desig —va continuar el corb— és reunir tots els grans de blat que hagin caigut de les espigues en madurar.

—D'això ens n'encarregarem nosaltres —va dir la Reina de les formigues.

—Queda el tercer desig —en Picotet s'adreçàa al corb—. Quin és?

—Cercar en el més recòndit de la selva la fruita de l'amor —va fer saber el corb—, però ja me n'ocupo jo. Tu vés al palau i digues a la princesa que en el termini de tres dies veurà acomplerts tots els seus desigs.

Així ho féu en Picotet.
L'endemà va anar a la platja, i el seu bon amic el peix li va portar la perla a la boca. Després va veure com s'apropava una autèntica muntanya de grans de blat, que transportaven les formigues comandades per la seva Reina. Poca estona més tard arribava el corb, el qual duia al bec la meravellosa fruita de l'amor.

I com que la princesa, a banda de ser bellíssima, complia la seva paraula, es va casar amb en Picotet i ambdós foren immensament feliços durant la resta de les seves vides.

L'ase que volia ser lladre

L'Ase era molt i molt feliç al seu poble, on tenia una caseta preciosa i un hort curull de tota mena de fruites i verdures. A les primaveres, l'Ase s'escalfava al sol, des de la porta de casa seva estant, tot sentint el cant dels ocells que eren a les branques dels arbres del seu hort.

El que no li agradava a l'Ase era haver de treballar.
Un dia que estava al seu hort molt cansat, es queixava així:
–Quina desgràcia, ser pobre i haver de treballar per menjar!

De sobte, l'aixada va xocar a terra contra un objecte metàl·lic desconegut. Ase ho va prendre de terra i ho observà amb atenció: era una pistolota vella i tronada ue no servia per a res.

—Quina mala sort, la meva! —deia Ase—, haver trobat aquesta andròmina bruta i no un bon cabàs ple de monedes d'or.

Però l'Ase va tenir una idea. Amb aquella pistolota segurament tindria un aspecte terrorífic, amb la qual cosa podria espantar la gent i robar-los els diners. Es faria lladre!

Tal dit, tal fet. L'Ase va agafar la pistola i es disposà a donar el primer cop. S'amagà darrere un mur natural, al costat del camí, per tal d'esperar la seva víctima.

I la primera víctima va resultar ser el seu veí, en Gosset Ca. L'Ase l'apuntà amb la pistolota.

—La bossa o la vida! —va cridar.

Però en Gosset Ca, en comptes d'espantar-se, va atacar l'Ase i li va clavar dues queixalades que feien por, l'una en una pota i l'altra en una orella; i després va seguir tranquil·lament el seu camí, com aquell que sent ploure. «Hauré d'escollir millor les meves víctimes», va pensar l'Ase, mentre s'allunyava coixejant.

L'Ase va tornar a amagar-se, aquest cop darrere el corral de les oques, i romangué immòbil. Poca estona després va passar per allí la Gallina.

—Atura't, vella gallina, dóna'm tots els teus diners!

La gallina s'espantà i va començar a cridar de mala manera:

—Socors, socors, que em volen robar!

Les portes de totes les cases es van obrir, i aviat van ser a fora el Gall, el Porc, l'Indiot, el Cérvol i molts altre veïns, molts d'ells armats amb garrots molt ben gruixuts. L'Ase va haver de sortir rabent d'aquella situació.

Però l'Ase, malgrat tot, no va abandonar la idea de ser lladre. Va tornar a amagar-se a la vora del camí i esperà que passessin els cinc gatets germans. Quan van ser allí, l'Ase se'ls es posà als davant d'ells i els apuntà amb la seva terrible pistola.

—Quiets, gatets babaus, doneu-me tots els diners que tingueu!

–Ho heu sentit bé, fills meus? –va dir el Gat pare–. És un lladre! Contra ell! I els cinc gatets es llançaren contra ell i l'esgarraparen a les orelles i la cua, fins que l'Ase va trobar l'oportunitat de fugir corrents.

Mentre corria pel camí, l'Ase va veure una figura estranya tombada d'esquena. L'apuntà amb la pistola mentre deia:

—Dóna'm tots els diners que portis o et mato!

Quan aquella figura estranya es va tombar, l'Ase va veure que era ni més ni menys que el Gos Policia, el qual el va agafar del braç i el va dur cap a la presó.

Des de la presó estant, l'Ase es queixava de la seva mala sort:

—He estat un ximplet! —deia—. M'han mossegat, esgarrapat i empresonat. No serveixo per a ser lladre!

En Ratolinet, que havia sentit totes les queixes de l'Ase, anà a explicar-ho al seu amic, el Gos Policia, el qual va decidir perdonar el lladre fracassat, amb la promesa de ser bo i no intentar robar res a ningú.

I conten les històries que des d'aleshores, l'Ase, a qui els seus veïns havien perdonat, viu molt feliç a casa seva, treballant al seu hort, mentre als arbres els ocells canten dia i nit.

El gos futbolista

Un domador malvat va dir
als dotze gossos vestits de futbolistes:
–Avui heu de jugar millor que mai. El circ és ple a vessar. Qui jugui bé rebrà doble ració de carn; però qui ho faci malament...
–va fer xiular el fuet per donar a entendre que qui ho fes malament rebria doble ració de patacades.
Tots els gossos es van espantar molt,
excepte

en Lassie, que sempre jugava bé. Era el màxim golejador. L'un darrere l'altre, els dotze gossos van anar sortint a la pista, caminant sobre dues potes amb pas atlètic, mentre el públic els rebia amb un gran aplaudiment. En Lassie anava primer, i portava a les mans una pilota de reglament. Els dos equips, cada un compost per sis gossos, es van anar col·locant a lloc. En Pitxi, el porter de l'equip contrari, s'apropà a en Lassie i li digué:

—Si em fas molts gols, l'amo em matarà a bastonades.

—Pèro si no te'ls faig, a mi em matarà a cops de fuet —es queixà Lassie.
Era rara la nit que, després d'un partit, el fuet del cruel domador no estovés les pobres costelles d'algun gos que havia jugat malament. Els altres li demanaven que no fos tan dolent amb els seus jugadors, però era inútil: tot just acabada la funció diària,

aquell home es ficava a la gàbia dels gossos i començava a fuetejar a qui havia jugat malament.

Aquella nit, el domador estava més nerviós que mai. Entre el públic hi havia un empresari, amb el qual signaria un contracte si el partit resultava satisfactori. Per això s'apropà a Pitxi i li digué:

–Davant teu tindràs en Lassie. Si no et deixes fer cap gol, et donaré un premi; però en cas contrari... –i el fuet es va fer sentir, més amenaçador que mai.
En Pitxi tremolava. En Lassie era un gran davanter i li marcaria cinc o sis gols, com cada nit. No tenia salvació; després de la funció el malvat domador li arrencaria la pell a tires. En Lassie tenia molt bon cor, però no podia fer res per salvar en Pitxi, ja que si no marcava gols seria ell el castigat.

I començà el partit. Els espectadors, sobretot els nens, aplaudien a cada passada.

—Vinga, Lassie! Demostra'ls qui ets tu! —cridava aquell domador dolent, que alhora feia d'àrbitre. En Lassie va agafar la pilota al centre del camp i començà a avançar com una fletxa cap a la porteria contrària, sense que els defenses aconseguissin aturar-lo. Quan es va plantar davant del pobre porter, que estava tremolant, Lassie va xutar i la pilota va anar a parar al fons de la xarxa.

—Gol! —va cridar el públic, entusiasmat.

El joc es va reprendre. En Lassie va veure que en Pitxi estava més nerviós que els altres dies, i va sentir compassió per ell. Pobre Pitxi! Després del partit el malvat domador el cosiria a cops: quinze o vint bastonades per cada gol. El públic, dempeus, no parava de cridar:

–Lassie, Lassie, Lassie...!

De nou, en Lassie va agafar la pilota i, passant per entremig dels jugadors contraris, es va tornar a plantar davant d'en Pitxi.

El pobre porter no hi va poder fer res, tot i que es va estirar i es colpejà el morro contra un pal de la porteria, amb la qual cosa va restar commocionat uns instants. Mentre el públic animava en Lassie, el domador s'adreçà a en Pitxi en veu baixa:

—Si no fas alguna bona parada, després del partit t'hauran de recollir amb pinces.

En dues jugades precioses, en Lassie va aconseguir de marcar un parell de gols més. El pobre Pitxi plorava de desesperació. En Lassie es va entristir molt, i per això va anar cap al porter i li va dir a cau d'orella:

—La propera vegada xutaré al costat del pal dret; tira't cap allí i faràs una gran parada.

En Lassie no va trigar gaire a aconseguir la pilota. Avançà espectacularment fent mil malabarismes fins arribar a la porteria.

En Pitxi es va estirar cap al pal dret, però en Lassie va xutar cap a la seva esquerra. Gol.

—Què has fet? —li preguntà en Lassie—. T'he dit per la dreta!

En Pitxi no va contestar. Aleshores en Lassie s'adonà que havia estat una errada: la dreta d'en Pitxi era la seva esquerra.

—Aquest porter és un tanoca! —va xisclar un nen entre el públic—, es llança pel costat contrari.

En Lassie ja no va voler marcar més gols. Estava trist i preocupat. Quan va acabar el partit, va anar amb el domador fins al centre de la pista, per tal de rebre els aplaudiments del públic. Després es va reunir amb els altres gossos futbolistes i tots junts van anar a la gran gàbia. En Pitxi plorava només de pensar en el càstig que rebria. En Lassie el va envoltar amb la pota i va dir-li:

—Hem de escapolir-nos d'aquesta vida d'homes; ja estic ben fart de tanta dolenteria.

Un instant després va entrar a la gàbia el malvat domador i s'apropà als dos amics.

—Lassie —va dir—, t'haig de castigar a tu primer, perquè no has volgut fer més gols. Aixeca la pota dreta!

En Lassie va rebre un cop de fuet. Després va anar a llepar-se la poteta ferida.

Després,
el cruel domador
va començar a clavar fuetades a en Pitxi.
De sobte, en Lassie va plantar-se davant del domador, i ensenyà les dents.
—Ves per on! —va exclamar el domador—, això vol dir que no t'agraden els meus mètodes, oi?
El domador va alçar el fuet, però en aquell instant van entrar uns treballadors del circ i el subjectaren mentre el renyave.

El pobre Pitxi va estar a punt de morir. Estirat en un racó es recuperava lentament de les seves ferides. Els partits van haver d'ajornar-se per manca de porter, la qual cosa encara va enfurismar més el domador. Un dia en Lassie s'apropà a Pitxi i, mentre li feia manyagueries amb la pota, li digué:

—Hem d'escapar-nos, Pitxi. Anirem a algun lloc on no hi hagi maldat. Com que encara estàs molt dèbil, ja t'ajudaré a caminar.

I en un descuit del malvat domador, es van posar en camí cap a un món millor. Lassi ajudava en Pitxi a caminar.

–És millor ser gos d'atura o gos guardià que suportar un amo tan dolent –va dir en Lassie.

–Bup, bup! –va respondre en Pitxi, més content que unes pasqües.

–Bup, bup! –lladrà també en Lassie, feliç.

I així van continuar lladrant alegrement, mentre s'allunyaven a la recerca de la felicitat.

Els tres porquets

Fa molts anys, quan els ànecs tenien dents, van sortir pel món tres porquets, per tal de cercar fortuna.

Quan ja havien caminat un bon tros, el primer es trobà un home que conduïa un carro carregat de palla i li preguntà:

—Bon home, ¿seríeu tan amable de donar-me un xic de palla per fer-me una caseta?

—Amb molt de gust —li va respondre l'home.

El porquet es construí una cabana molt bonica amb la palla. Però quan es va fer fosc, un vell llop mort de gana s'apropà a la porta i trucà.
—Es pot passar? —va inquirir el llop.
—No, no; tu el que vols és cruspir-me —va contestar molt espantat el porquet, sense obrir la porta.
—Doncs si no m'obres, enderrocaré la teva casa d'una bufada —va rugir el llop—. Ara ho veuràs.

I dit això, el llop es va posar a bufar amb tanta força, que la cabana es va desfer. Aleshores va saltar damunt del pobre porquet i se'l va menjar, i després va llepar-se els dits.

El segon porquet es topà pel camí amb un altre home, el qual duia al carro un munt de fustes.

–Si fóssiu tan amable de donar-me unes quantes fustes d'aquestes que teniu, jo em podria fer una caseta –li pregà el porquet.

–I tant que sí –accedí el bon home.

Amb les fustes el porquet bastí una bonica casa. Però a la nit es presentà el llop amb la intenció de menjar-se'l.

—Es pot passar? —va preguntar el llop.

—No —va fer des de dins el porquet—, perquè tu el que vols és menjar-me.

—Doncs si no obres, tiraré a terra casa teva d'una bufada —va dir el llop, molt enrabiat.

Dit i fet: aquell llop dolent va començar a bufar amb tanta fúria, que la caseta de fustes va caure feta miques. Aleshores va saltar damunt del pobre porquet i se'l va menjar de dues queixalades.

Però el tercer porquet, que era el més espavilat, va trobar pel camí un home que conduïa un carro carregat de maons, i li demanà:
—Bon home, em doneu uns quants maons per fer-me una caseta?
—Amb molt de gust —va contestar l'home.

El nostre porquet es construí una casa preciosa amb els maons. Però, com era d'esperar, es presentà el llop i va trucar a la porta.

–Es pot passar? –va preguntar el llop.

–Ni parlar-ne! –va respondre el garrí–, tu el que pretens és menjar-me.

–Doncs bufaré i et destruiré la casa –va rugir el llop, que treia foc pels queixals.

I es posà a bufar amb tota la força. Però com que la casa era de maons, es va mantenir ferma. Aleshores el llop va rumiar una idea millor.

—Benvolgut porquet —va dir dolçament—, conec un camp curull d'unes cols que t'agradaran moltíssim. Demà al matí vindré a recollir-te i t'hi acompanyaré. Podràs atipar-te tant com vulguis.

Quan l'endemà al matí es presentà el llop, el porquet li va dir, mort de riure:

—Ets un dormilega, senyor llop. Fa una hora que he tornat del camp de cols. I sí que eren bones.

El llop, mirant de dissimular el seu mal humor, contestà:

—Me n'alegro. Però també conec un hort on hi ha unes pomes meravelloses. Demà vindré i t'hi acompanyaré.

Quan l'endemà al matí el llop es va presentar, el garrí ja tornava de l'hort de les pomes. En veure el llop, s'enfilà dalt d'un arbre. El llop, des de baix, se'l mirava i pensava a menjar-se'l.

—Sí que és veritat que són bones les pomes que em vas indicar —va dir el porquet—. Tasta'n una, senyor llop.

I en dir això, va llançar una poma força lluny; mentre el llop corria a recollir-la, ell se'n va anar ràpidament a casa seva i tancà la porta.

Però el llop era molt tossut. Al cap de pocs dies va tornar a casa del porquet.

—Bon dia, amic meu —li va dir—. Aquesta tarda a les tres vindré a recollir-te per anar a la fira; ens ho passarem molt bé.

El porquet no va contestar res, però amb prou feines van tocar dos quarts de tres rellotge de la torre de l'església, va marxar sol a la fira i hi va comprar un barril buit. Mentre tornava a casa fent rodar el barril, va veure que pel camí s'apropava el llop. En un tres i no res es ficà dins de la bóta i la va fer rodolar en direcció a la casa. El llop, en veure-ho, s'espantà molt i va fugir rabent.

Però quan es va haver recuperat de l'ensurt, el llop va tornar a casa del porquet i li digué:

—Haig d'explicar-te una cosa que em va passar l'altre dia.

—Digues, senyor llop —va respondre el porquet des de dintre—, explica'm què et va passar.

El llop li contà que havia trobat pel camí un barril que caminava sol, com si fos embruixat.

—Ets un xic babau, amic llop —es moria de riure el porquet—; el barril no caminava sol, sinó que jo hi anava a dins.

El llop es va enfurismar tant i tant, que va decidir menjar-se el porquet fos com fos; va saltar fins a la teulada de la casa i es ficà per la xemeneia. Però aquell era el dia que el porquet dedicava a fer pa, i per tant a la llar hi havia un gran foc. El llop va caure damunt les flames i morí cremat.
I així s'alliberà el porquet del seu perillós enemic.

Trompeteta el grill

El Prat de l'Alegria era un bell indret del bosc. Tots els habitants vivien feliços i estimaven molt el simpàtic grill Trompeteta, que sempre cantava.

Des del matí fins al vespre, en Trompeteta cantava i cantava sense treva, mentre tots els veïns del bosc l'escoltaven amb atenció.

Molt d'hora, cada matí el grill Trompeteta sortia molt elegant fins al dintell de la porta de casa seva i començava a cantar, i despertava tothom amb els seus meravellosos cants. Mai no s'havia sentit en aquell país una música tan dolça i tan alegre.

Tots els animals veïns l'anaven a escoltar;
mai no hi faltava la papallona Presumida,
ni el talp Codonyet, ni l'aranya Silenciosa,
ni el centpeus Carrilet, ni la formiga Feinera.

Mira si arribava a cantar bé en Trompeteta, que fins i tot la formiga Feinera, sempre tan treballadora, es concedia uns instants de descans i, recolzada damunt del gra del blat que transportava, mirava de no perdre's ni una sola nota del seu cant.

Però com que mai no plou a gust de tots, hi havia algú a qui les cançons d'en Trompeteta molestaven molt: era la cigala, anomenada senyora Primmirada. No podia suportar els cants del grill. Quan aquest començava a cantar, no feia més que cridar i enrabiar-se com una fera.

—Aquest maleït Trompeteta —remugava la senyora Primmirada— només xiscla tot el dia. Les meves orelles delicades no poden suportar un tal escàndol; hauré d'anar a queixar-me davant del Senyor Jutge.

I així ho va fer la cigala Primmirada. Va anar a veure la granota Centlleis, que era el Jutge, i va començar a exposar-li les seves queixes fins que el va deixar esgotat i avorrit.

—A veure —va preguntar la granota a la cigala—, ¿tanta gatzara fa el grill Trompeteta, que tu no ho pots suportar?

—Em posa els nervis de punta, senyora granota Centlleis —va respondre la cigala—. No ho puc aguantar més!

—I què vols que faci amb ell, si es pot saber? —va voler saber la granota Centlleis.

—Vull que el feu fora d'aquí —va respondre la senyora Primmirada—. Que vagi a empipar en una altra banda! Així tots viurem tranquils al Prat de l'Alegria.

La granota Centlleis va cridar molts veïns per tal de preguntar-los si era veritat que el grill Trompeteta els molestava amb les seves cançons, però tots van contestar que era una mentida el que havia contat la cigala.

—No volem que se'n vagi! —van cridar tots alhora.

—Molt bé, pel que he sentit —va comentar la granota Centlleis—, el grill Trompeteta és un bon veí i un magnífic cantaire, que us fa feliços a tots.

»Bé —afegí—, a tots llevat d'aquella senyora tan pesada i rondinaire que es diu Primmirada. Me'n vaig una estona a pensar.

Després d'haver pensat un xic, la granota va fer saber la sentència:

—Condemno la senyora Primmirada, per mala persona, a ballar dues hores cada dia, al ritme de la música del grill Trompeteta. Així aconseguirem dues coses: que el grill segueixi cantant i que la cigala aprengui a respectar la voluntat de la majoria. Au!, ja podeu marxar, que tinc molta feina.

D'aquesta manera, els veïns del Prat de l'Alegria van poder seguir escoltant les cançons del grill Trompeteta, que cantava cada dia des de la porta de casa seva estant.

I mentre el grill cantava, la cigala Primmirada ballava i ballava entre les befes de tothom. En aquell temps no hi havia cap altre llogarret tan feliç com el Prat de l'Alegria.

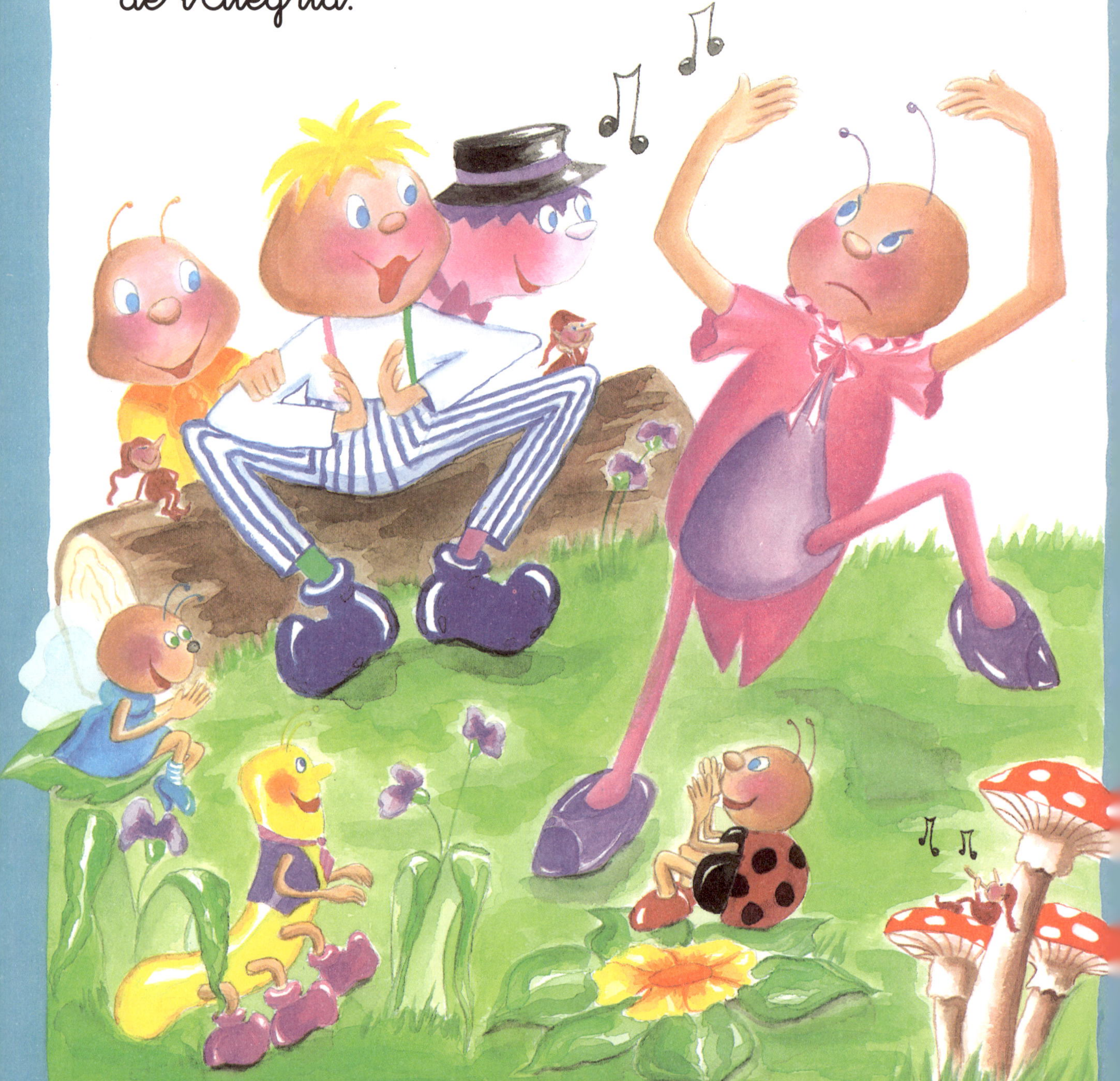

En Frederic i la Caterina

El dia que es van conèixer en Frederic i la Caterina, de mirar-se al ulls amb prou feines una vegada, ja van quedar ben enamorats. I, com se sol esdevenir en aquests casos, es van casar ràpidament. El que en Frederic no sabia era que la Caterina era una dona simple i força ximpleta, però aviat se n'assabentaria...

En Frederic se n'anà al camp a treballar i la Caterina va quedar encarregada de fer el dinar. Va posar un bon tros de carn al foc i vigilà que es fes bé.
Però de sobte se li acudí que, per guanyar temps, el millor fóra d'anar fins al soterrani a cercar la cervesa, mentre la carn es coïa.

I tal dit tal fet. Va prendre un gerro i el col·loca dessota l'aixeta del barril de cervesa; però quan el gerro s'omplia, va cridar:

—Quin horror! He deixat la carn al foc i el gos se la pot endur!

I va pujar cap a la cuina.

Quan va arribar a la cuina, va veure que en sortia el gos amb el tros de carn a la boca. I com que això ja no tenia solució, va decidir de baixar altra volta al soterrani per recollir el gerro de cervesa. Però allí es trobà que la cervesa havia inundat tot el local.

La Caterina va pensar que el problema es podia solucionar fàcilment si abocava per terra un xic de farina; però en fer-ho va vessar la gerra amb l'única cervesa que restava per a en Frederic. La Caterina no sabia què fer i es posà a plorar.

En Frederic va tornar a casa cansat i mort de gana, i la Caterina li contà què havia passat.
—Has perdut la carn, has vessat tota la cervesa i has malmès la farina —va cridar en Frederic—. Ets una ximpleta!
Aleshores la Caterina, amb els ulls negats de llàgrimes, va dir:
—Si ho he fet tan malament, Frederic, és per culpa teva, perquè no em vas dir el que havia de fer.
A en Frederic aquell retret
li va semblar encertat.

Uns dies després, quan en Frederic havia de marxar una altra vegada de casa, va ficar totes les monedes d'or que tenia dins d'un sac i les colgà al jardí. Tot seguit digué a la seva esposa, que ho havia vist tot:

—Són botons grocs. No t'apropis mai al lloc on els he colgat, ni et passi mai pel cap de treure'ls d'allí!

La Caterina va prometre que no faria res d'això.

Però al cap de poc temps van passar per allà uns lladres que venien cassoles, i les oferiren a la Caterina.

—No tinc diners per comprar-les —els digué la Caterina—; l'única cosa que em deixà el meu marit són uns botons grocs qui hi ha colgats al jardí, al costat d'aquest arbre. Desenterreu-los vosaltres mateixos si els voleu veure.

Els lladres s'endugueren totes les monedes d'or, i van deixar a canvi totes les cassoles, amb la qual cosa la Caterina va estar molt contenta. Però quan en Frederic va haver tornat i s'assabentà del robatori, va posar el crit al cel. Estava enrabiat, i es passejava per la cuina cridant.

—Si ho he fet tan malament —va tornar a queixar-se la Caterina— és per culpa teva, ja que no em vas dir el que havia de fer.

El bonàs d'en Frederic va decidir de perseguir els lladres i, per tal d'evitar mals majors, va pensar que el millor fóra que la seva esposa l'acompanyés en el viatge. Li ordenà que preparés pa, mantega i formatge per al camí.

Després d'un llarg camí, mentre s'enfilaven per un corriol de molt pendent, la Caterina va observar que alguns arbres tenien les branques trencades, pel fregament dels carros que per allí passaven. Tot plegat li va fer pena i untà amb mantega les parts malmeses, per tal de guarir-les. Però, mentre guaria els arbres, li va caure de la bossa el formatge, el qual va començar a rodolar cap avall i va ser impossible de retrobar-lo.

Al cap d'una bona estona en Frederic va tenir gana. La Caterina va treure del sarró un mos de pa i l'hi va donar.

—Posa-m'hi una mica de mantega i formatge —va dir en Frederic.

Quan la Caterina va haver explicat al seu marit el que havia passat amb la mantega i el formatge, en Frederic s'enfurí de mala manera.

—Jo no en tinc la culpa, maridet —es queixà una altra vegada la Caterina—; havies d'haver-m'ho dit abans.

En Frederic va mirar d'assossegar-se, però li va venir al cap que potser la Caterina havia oblidat tancar la porta quan van sortir de casa. Ordenà a la seva esposa que tornés a casa, que busqués més menjar i que assegurés bé la porta en sortir.

La Caterina no trobà altra cosa per menjar que un grapat de nous. I rumià que la millor manera d'assegurar la porta fóra endur-se-la a coll.

Quan la va veure venir carregada amb la porta, en Frederic va quedar astorat. A l'hora de dormir, per tal de protegir-se de les feres salvatges, s'enfilaren en un arbre. La Caterina sostenia damunt de les seves espatlles aquella porta, que pesava molt.

De sobte van veure aparèixer els lladres, que es posaren a comptar les monedes d'or a sota de les branques de l'arbre on ells estaven. La Caterina, cansada de tant de pes, no va poder aguantar més la porta, que va caure damunt dels bandits, els quals van fugir rabent.

Com que van fugir tan precipitadament, els lladres van oblidar endur-se la bossa amb les monedes d'or. En Frederic i la Caterina van baixar de l'arbre i s'abraçaran, feliços i contents d'haver recuperat els seus diners.

Els músics viatgers

Temps era temps, una banda de lladregots es va instal·lar en una cabanya amagada entre els arbres del camí.

Ara sí que podrem robar bé! —van pensar.

I tant, que van robar! De dia i de nit, assaltaven els pobres viatgers i els robaven els diners i joies.
De vegades també entraven a les cases de pagès, i s'enduien el bestiar i tot el que trobaven. La veritat és que tenien tota la comarca ben espantada.

Un dia, el moliner va haver d'anar al poble. Els lladres van aprofitar que no hi era, van entrar al molí i el van buidar. I encara més: hi van calar foc!

Quan, al capvespre, el moliner va tornar i va veure què havia passat, es va desesperar.

—Això és una desgràcia! —va cridar.

I encara sort que no havien fet mal als seus animals: l'ase, el gos, el gat i un parell d'oques.

Però... què menjarien, ara?

El moliner els va aplegar a la porta del molí i els va dir:

—Ja veieu que els lladres ens han deixat pelats i sense menjar.

Per tant, haureu d'espavilar-vos.

—No, nosaltres volem estar amb tu —va demanar l'ase.

—És impossible, amic meu. Aquí us moriríeu de gana. Marxeu, i molta sort.

Els animals se'n van anar, tristos. Caminant, caminant, van trobar la cabanya dels lladregots, que sopaven a la llum d'una espelma. El gos va ensumar per sota la porta i va dir als seus amics:
—Tinc una idea. Veniu.

»Amagueu-vos entre els matolls i feu tant soroll com pugueu.
Una, dues i tres! Van organitzar el concert més horrorós que us pugueu imaginar. L'ase bramava, el gos lladrava, el gat miolava i les oques clacaven.
Quina música infernal! Els lladres, molt espantats, van obrir una finestra per veure què passava. No van veure res.

Llavors, una de les oques va entrar per la finestra, va volar per sobre la taula i d'un cop d'ala va apagar l'espelma. Els lladres, ensopegant, esverats i corrent com bojos, van sortir de la cabanya. El gos, satisfet, va exclamar:

—Se n'han anat! Això és el que jo volia! Ja podem entrar, nois!

Contents i feliços, van entrar a la cabanya, es van acabar el sopar i es ficaren al llit. Al cap d'una estona, els lladres, més tranquils, descansaven al bosc.
El més valent de tots va decidir tornar a la cabanya.
—Vull saber què ha passat —va dir als altres.

I va fer cap a la cabanya. Però els animals el van sentir arribar i, quan va entrar, se li van tirar a sobre. El gos el va mossegar a la cama. El gat li va esgarrapar la galta. I les oques li etzibaven unes becades que el van deixar distret.

—Ai, ai, ai! —es queixava el lladre.

Espantadíssim, va començar a córrer. Però l'ase, que l'esperava a fora, li va clavar una guitza tan forta que va enviar el lladre volant fins a les ortigues.

—Ai, quin mal! Tinc tots els ossos trencats —cridava el pobre bandoler.

Quan es va aixecar, se'n va anar disparat a trobar els seus companys.

—Quins animals! —va cridar.

—Qui? —li van preguntar.

—Els criminals que han agafat la cabanya. Quan he entrat, un m'ha clavat un punyal a la cama, un altre m'ha assenyalat la cara a ganivetades i dos altres més volien lligar-me un llençol al cap per ofegar-me.

Els bandits escoltaven el seu cap morts de por.
—I encara no sabeu què ha fet l'últim, el pitjor de tots —va seguir ell—. M'ha etzibat un cop tan fort, que sóc viu per casualitat.
—Doncs sí que són bèsties.
—Marxem a un lloc més segur —va proposar el cap de la banda.
Tots s'hi avingueren, i l'endemà els lladres van tocar el dos de la comarca.

De bon matí, els animals van escorcollar de dalt a baix la cabanya. I el gos, tot gratant la terra, va trobar... Un sac ple d'unces d'or! L'ase amb prou feines se'l va poder carregar a coll, i tots plegats van fer cap al molí incendiat.

Quin regal per al bon moliner!

Amb l'or que els seus amics animals li van portar, el moliner va poder refer el molí, el va posar en marxa i durant un bon grapat d'anys va viure feliç amb el seu ase, el seu gos, el seu gat i les dues oques.

Ullsclucs

Ullsclucs era un follet que sabia més contes que ningú. A les nits, pujava a poc a poquet les escales, sense fer soroll, i vessava damunt dels ulls dels nens petits una llet dolça, per tal que romanguessin amb els ulls clucs i no poguessin veure què feia. Tot seguit, els bufava per darrera, al clatell, i els infants es quedaven adormits.

Quan els nens estaven més adormits que unes soques, Ullsclucs s'asseia al costat del llit. Duia un vestit de seda que lluïa d'allò més, però era impossible determinar-ne el color, perquè tenia llampades verdes, vermelles o blaves, segons els moviments que fes el follet. I portava dos paraigües, un a sota de cada braç.

Un dels paraigües, decorat amb imatges molt boniques, era el que obria damunt dels nens bons, els quals aleshores, somniaven tota la nit uns somnis meravellosos.

L'altre paraigües no duia cap guarniment. El follet Ullsclucs només l'obria damunt dels nens entremaliats, els quals s'adormien com marmotes i l'endemà es llevaven sense haver tingut cap somni.

En Frederic no devia pas ser un nen gaire entremaliat, perquè aquella nit Ullsclucs el va visitar per fer-lo somniar. Les plantes del testos esdevingueren arbres de gran brancatge, curulls d'unes flors que tenien un perfum magnífic. També hi havia fruites que lluïen com l'or i pastissos plens de panses. Tot plegat era un espectacle inoblidable!

De sobte, es van començar a sentir crits i gemecs que sortien del calaix on en Frederic endreçava els llibres i quaderns de l'escola. Les queixes provenien del quadern d'escriptura. A cada pàgina figuraven unes lletres que feien de model a imitar; al costat es veien uns gargots, obra de Frederic, que pretenien assemblar-se als primers.

Les lletres procuraven ensenyar als gargots:

—Heu de posar-vos així, ben drets, com nosaltres.

—Ja ens agradaria —deien els gargots—, pèro som molt esquifits.

—Aleshores us donaré una mica d'oli
de fetge de bacallà —va dir Ullsclucs.
—No, no! —van cridar els gargots, i es
posaren drets ràpidament.
—A vosaltres us convé un xic d'exercici
—els aconsellà el follet—. Vinga, a córrer!
Un, dos! Un, dos!
I els gargots van començar a fer
gimnàstica al compàs de la veu d'Ullsclucs.

Però l'endemà al matí, tan bon punt hagué marxat Ullsclucs, en Frederic va mirar les lletres i eren tan malgirbades com abans. En Frederic, aleshores, es va entristir molt.

Una altra nit, mentre en Frederic estava dormint, va arribar el follet Ullsclucs i va ruixar tots els mobles de la cambra amb la seva xeringa vermella. De seguida es van posar a parlar tots alhora.

Damunt de la calaixera hi havia un quadre que representava un paisatge ple d'arbres, amb molts ocells i un riu que passava pel costat d'uns castells preciosos abans de desembocar al mar.

Ullsclucs va ruixar el quadre, i els ocells van començar a cantar, mentre les branques dels arbres es movien, empeses per la brisa.

Ullsclucs va prendre en Frederic en braços i el va ficar dins del quadre. En nen va córrer cap al riu i va embarcar en una barqueta blanca i vermella, les veles de la qual semblaven de plata. Sis cignes amb collarets d'or i una estrella blava al cap arrossegaven la barca.

Peixos bellíssims feien companyia a la barca i ocells vermells i blaus la seguien des de l'aire. Tots volien anar amb en Frederic, i cadascun tenia una història per explicar-li. El bosc del costat del riu semblava un jardí ple de sol i de flors. Hi havia grans palaus de cristall i marbre, als balcons dels quals es veien formoses princeses, que eren nenes que en Frederic coneixia de jugar amb elles.

La barca també va passar per la ciutat de la seva dida, la qual havia tingut cura d'ell quan era molt petitó. I la bona dona, des de la riba del riu, li va cantar aquesta cançó tan bonica:

«Et recordo moltíssim, nen estimat,
el meu Frederic, que jamai no he oblidat,
Vaig besar mil vegades les teves galtes,
els teus suaus cabells, i les mans blanques,
La teva primera paraula la vaig sentir jo,
i després vaig haver de marxar del teu cantó,
Que Déu et beneeixi en tota ocasió,
àngel que vaig dur abraçat al cor.»

I tots els ocells cantaven a cor aquella cançó tan bonica, i les flors ballaven entre l'herba, mentre els arbres inclinaven el brancatge en senyal d'assentiment. Aquell, sens dubte, va ser el somni més meravellós que va tenir en Frederic en tota la vida. Gràcies al follet Ullsclucs.

La vaca Colometa

Un bon matí de primavera, endolcit amb el cant dels ocells i perfumat amb l'aroma de les flors, tot era felicitat en aquell poblet. Tothom estava content, tret del pobre Joan, que havia de dur la seva estimada vaca Colometa a casa del seu nou amo, el senyor marquès.

—Som-hi, Colometa, no siguis mandrosa —digué en Joan a la vaca mentre tibava la corda—. Des d'avui viuràs a l'estable del senyor marquès. El meu pare ha hagut de vendre't, perquè necessitem els diners per menjar; però allí viuràs millor, ja ho veuràs.

La vaca, que fins aleshores havia anat tranquil·lament, remugant l'herba, de sobte s'adonà que aquell camí era desconegut i s'entossudí a no caminar, malgrat que en Joan, cansat d'insistir, l'amenaçava amb una vara.

Tot de cop va aparèixer entre el boscatge un vellet vestit com els pagesos de les rodalies.
El desconegut, que no era altre que el marquès, s'apropà al nen i li va preguntar per què estava tan trist.
—El meu pare ha hagut de vendre la meva pobra vaca Colometa al marquès; per això ploro.

—Té —li va dir el marquès, tot lliurant-li un grapat de sal—, ensenya-li la sal a la teva vaca i ella et seguirà arreu.
Després, el marquès s'allunyà fins a desaparèixer entre l'arbreda.

En Joan va posar la sal davant del morro de la vaca, la qual el seguia perquè se la volia menjar. I així van anar fent camí fins al palau on vivia el senyor marquès.

—I el pitjor del cas —rondinava el noiet— no és que perdré la meva pobra vaca Colometa, sinó que l'administrador, que és un home dolent, m'enganyarà en pagar-me el preu convingut.

Mentrestant, el marquès ja havia arribat al seu castell i ordenà al seu administrador que fes al nen un regal de vint monedes, a més del preu convingut per la vaca.

En Joan va arribar amb la Colometa al castell i, tal com temia, l'administrador li donà una moneda menys del que havien quedat. Quan en Joan va anar a protestar per la injustícia, l'administrador li va engegar un calbot, amb la qual cosa el nen va marxar plorant.

De tornada cap a casa, trist per la pèrdua de la vaca i adolorit pel calbot, en Joan va tornar a trobar el vellet.

—T'han fet algun regal? —va voler saber.

—Si voleu dir el calbot que m'ha clavat aquell administrador poca-pena —va riure de mala gana el nen— toqueu aquí i ho comprovareu.

—Acompanya'm —li va dir el marquès.
En Joan el seguí, pensant encara que aquell senyor era un pagès com el seu pare, però estranyaven els aires d'autoritat que tenia.
Van entrar al castell, per la porta principal i el senyor marquès s'adreçà a un criat:
—Digues al meu administrador que vingui.

Quan es presentà l'administrador, el marquès li va dir:

—No has donat a aquest noi les vint monedes que et vaig donar per a ell. Abandona per sempre més aquest castell; no ets digne d'administrar les meves propietats.

L'administrador va abandonar el castell, entre les befes dels criats, els quals l'odiaven perquè sempre s'havia portat malament amb ells.

—I no volem que tornis mai més per aquí! —va cridar el marquès a tall de comiat.

El senyor marquès va comprendre aleshores que un pare que educa bé els seus fills, com aquell pare havia pujat en Joan, havia de ser per força un home honrat. Va fer cridar el pare d'en Joan i el nomenà administrador.

Així es van acabar per sempre més les misèries per a la família d'en Joan, el qual, a més, va recuperar la seva vaca per ordre del marquès. El noi va tornar a ser feliç, jugant per la prada amb la seva estimada amiga, la vaca Colometa.

Contingut